KB134144

약해지지 마

두 번째 이야기

HYAKUSAI
© TOYO SHIBATA 2011
Originally published in Japan in 2011 by ASUKASHINSHA CO., TOKYO,
Korean translation rights arranged with ASUKASHINSHA CO., TOKYO,
through TOHAN CORPORATION, TOKYO, and EntersKorea Co., Ltd., SEOUL.

약해지지 마

두 번째 이야기

시바타 도요 지음 ✿ 채숙향 옮김

"살아 있어 좋았습니다."

시인 시바타 도요는 90세의 나이에 등단해 100세의 시를 우리에게
남기고, 2013년 1월 20일 103세의 일기로 세상을 떠났습니다.

감사합니다!

첫 시집 『약해지지 마』가 발행된 지 1년 반. 몇 가지 행복이 저를 찾아왔습니다. 두 가지 꿈이 이루어진 것입니다.

하나는 시집의 번역이 실현되어 한국, 대만, 네덜란드에서 출판된 것. 또 하나는 좋아하는 동향 작곡가 후나무라 도오루 선생님이 시집을 읽어주신 것입니다. 후나무라 선생님은 여러모로 신경을 써주셔서 「추억」이라는 시에는 곡까지 붙여주셨습니다.

존경하는 신카와 가즈에 선생님과 만나고, 이야기할 수 있었던 일도 잊을 수 없습니다. 히노하라 시게아키 선생님, 야나세 다카시 선생님께도 과분한 칭찬을 듣고 감격했습니다. 독자 여러분께는 격려의 편지를 많이 받았습니다.

그리고 대지진 피해지역 분들에게 제 시를 읽으셨다는 편지를 받고 감격했습니다. 감사합니다.

부디 여러분이 하루빨리 미소를 되찾길 매일 두 손 모아 진심으로 기도드리고 있습니다.

또 평소 신세를 지고 있는 병원의 의사 선생님, 간호사분들, 도우미 여러분께도 감사드립니다.

건강하게 100세를 맞이할 수 있고 이렇게 두 번째 시집이 발행된 것은 전부 여러분 덕분입니다.

감사합니다.

2011년 초가을

시바타 도요

차례

‖ 머리말 ‖ 감사합니다! ··· 6

1부 ● 나의 지금까지의 인생, 그리고 감사의 마음 ··· 13

2부 ● 약해지지 마 두 번째 이야기 ··· 43

상냥함 ··· 44

유행 ··· 46

친구 ··· 48

발 동동 ··· 50

하늘에게 ··· 52

추억 ― 이별 ··· 54

페이지 ··· 56

아들에게 Ⅲ ··· 60

나팔꽃 ··· 62

경마 ··· 66

나를 찾아서 ··· 68

추억 Ⅲ ··· 70

아들에게 Ⅳ ··· 74

귀가 어두워져 ··· 78

돈지갑 ··· 80

100세 ··· 84

짊어지다 ··· 86

나에게 II ··· 88

길 — 당신에게 ··· 90

배우다 ··· 94

해질녘 ··· 96

보이스피싱 사기범에게 ··· 98

나라면 — 보이스피싱 사기를 당하지 않기 위한 시 ··· 100

당신에게 − 보이스피싱 사기사건 피해자분에게 ··· 104

재해민 여러분에게 ··· 106

재해지역의 당신에게 ··· 110

3부 ● 마음의 노래 ··· 115

‖후기‖ 축하합니다! ··· 126

1부

나의 지금까지의 인생,
그리고 감사의 마음

"100세가 된 오늘 모두에게
진심으로 '고맙다.'라고 전하고 싶습니다!"

어릴 적 추억

이제 100세가 된 탓일까요? 요즘 들어 어린 시절의 일이 종종 떠오릅니다. 슬프거나 힘들었던 일이 아니라, 즐거웠던 추억이 연달아 떠오르곤 해요.

저, 어렸을 때는 상당한 말괄량이로 언제나 일고여덟 명의 친구들을 모아서 그림연극 같은 놀이를 자주 했습니다. 혼자서 줄거리도 만들어서

일곱 살 때 할머니와 함께. 이때는 도치기시 조나이초라는 곳에 살았습니다.

모두에게 들려주곤 했어요. 마지막에 "자, 이제 끝!" 하고 연극을 마치면, 보고 있던 친구들은 "아, 재미있었는데 말이야. 벌써 끝이야?" "도요 짱이 해주는 이야기는 참 재미있어!" 하고 즐거 워했답니다. 그러한 나날이 모여 지금의 저를 만 들었는지도 모르겠습니다.

근처에서 누군가가 소꿉놀이를 시작하려고 하면, 모두가 저를 부르러 왔습니다. 그럴 때면 "오 늘은 누가 엄마 아빠 역할을 할까?"라고 물으며

어머니와 찍은 사진. 제일 좋아하는 사진입니다. 이 액자를 항상 머리맡에 놓 아둡니다.

앞장서서 놀이를 이끌었지요. 때로는 제가 먼저 나서 엄마 역할을 맡으며 "엄마가 하는 말은 잘 들어야지?" 하고 어른 흉내를 냈습니다. 옛날부터 여장부 기질이 있었나 봅니다. 그 아이들은 지금쯤 모두 무엇을 하고 있을까요?

지금도 잊을 수 없는 것은 일곱 살 무렵에 살았던 번화가 근처의 조나이초 마을에서 종종 들었던 샤미센(3현으로 된 일본 고유의 현악기) 가락입니다. 멀리서부터 신나이(샤미센 반주에 맞춰 애절한 남

아직 건강했던 시절의 어머니. 부모님, 남편, 자식과 다섯이서 생활했는데, 가난해도 매일 행복했던 시절이었습니다.

녀의 사랑 이야기를 노래하는 깃) 소리가 들려오면, 저는 도저히 가만히 있을 수가 없었습니다. 뛰쳐나가서는 바로 앞에 앉아 꼼짝도 않고 듣곤 했어요. 그들은 부부 연주자였는데, 요릿집 앞에서 가게나 손님들이 신청하는 곡을 연주하며 돈을 받았습니다.

당시 저는 아직 어린아이였기에 신나이의 이야기가 가진 어른스러운 의미는 전혀 알지 못했습니다. 그렇지만 그 애수에 찬 세련된 곡조와 애절한 샤미센 소리가 무척 좋았지요.

마을에는 게이샤가 많이 있었습니다. 우리 집 근처에도 샤미센 사범 아주머니가 살았는데 "도요 짱, 이리 오렴. 도요 짱이 더 크면 아줌마가 알려줄 테니까."라고 부르곤 하셨습니다. 샤미센을 배우러 그곳에 와 있던 게이샤들의 모습이 어찌나 아름답고 요염한지 쭉 넋을 읽고 바라봤던 기억이 있습니다.

어머니와 나

인생이란, 아무 일도 없이 평탄하게 흘러가는 사람도 있지만, 이곳저곳에 들르며 돌아가는 사람도 있기 마련입니다. 저는 후자에 속하지요. 언제나 걱정이 한가득. 참 거센 파도가 많았습니다.

그렇지만 신기하게도 제가 탄 배는 결코 뒤집히지 않았습니다. 인생의 중반, 4~50대 무렵에는 여러 고생이 한꺼번에 밀려왔습니다. '나는 왜 태어

스무 살의 나. 기모노는 어머니가 직접 만들어주신 것입니다.

났을까?' 하고 생각한 적이 몇 번이고 있었습니다.

저는 가계를 지탱하기 위해 죽을힘을 다해 일해야 했습니다. '내가 정신 똑바로 차리지 않으면 안 돼'라는 생각을 어렸을 때부터 줄곧 가지고 있었으니까요.

어머니는 마음씨가 고운 분으로, 언제나 상냥하고 온화하셨어요. 마을 사람들 모두가 인정하는 미인이었지요. 저는 엄마가 가장 좋았어요. 전통 바느질 선생님이기도 했던지라 저에게는 가장 소중한 사람이었습니다. 어머니가 슬픈 표정을 짓는 것을 보고 싶지 않았기에, 가세가 기울었을 때 어머니를 도와 돈을 벌어야겠다고 결심했던 것입니다.

어머니에게 배운 전통 바느질은 저에게 참 많은 도움을 주었습니다. 사람들과의 인연을 소중하게 여기며, 정직하게 열심히 이를 악물고 일해왔기 때문에 지금까지 살아올 수 있었던 것이 아닐까요?

유카타를 빨고, 요리를 나르고…….

옛날에는 지금처럼 세탁기가 없었던 탓에, 옷은 물론 그 밖의 빨래도 전부 손으로 빨곤 했습니다.

파도는 거셌지만 어떻게든 무사히 살아올 수 있었던 것은 무슨 일이든 이를 악물고 뛰어드는 저의 성격 덕분인지도 모르겠답니다. 인생이란 역시 성실하게 사는 게 제일이니까요.

그렇게 해서 이 손으로 일해 온 지 100년. 정신 없이 꿈속을 헤매듯 살아왔습니다.

60대 시절. 이웃집 아기를 안고.

남편과의 이별

남편에게서 "당신과 함께 살고 싶어." "당신의 부모님도 내가 모실게."라는 말을 들었을 때는 정말이지 행복했습니다. 이제까지의 고통이 한 순간에 날아간 듯, 마음이 놓인 게 '결혼'이었습니다. 남편은 저를 구원해주었다고 생각해요.

아들을 임신했을 때는 "좋다, 정말 좋다." "이 나이에 아빠가 되리라고는 생각도 못했는데 말이

젊은 시절 남편은 멋쟁이였습니다. 양복을 좋아했고 오토바이를 타고 다니곤 했습니다.

야."라고 말하며 매우 기뻐했지요. 임신 중인 나에게 "영양이 듬뿍 담긴 음식을 먹으세요."라고 말하며 이런저런 음식을 가지고 들어왔습니다. 남편은 반말로 저의 이름을 부르지 않았어요. "도요 씨."라든가 아들처럼 "엄마."라고 불렀습니다. 삯바느질을 하면 방 안에 재봉도구나 옷감이 여기저기 넘쳐나기 마련인데, 저는 언제나 남편이 돌아오기 전에는 깔끔하게 정리해서 편안히 쉴 수 있도록 마음을 쓰곤 했습니다. 당시에는 이웃들과의 교제도 즐거웠고, 언제나 함께 도우며 화기애애하게 지내던 시절이었습니다.

그래서 남편이 쓰러졌을 때는 눈앞이 캄캄했습니다. 치매에 걸려, 더는 예전의 그 사람이 아니게 되어버린 것입니다. 밤이 되면 어디론가 뛰쳐나가 "나쁜 놈들이 쳐들어온다!"고 소리를 지르며 마을을 정처 없이 배회하곤 했습니다.

어느 날 남편은 저에게 말했습니다. "나에게는 아들 한 명이 있습니다." 제가 누군지 모르게 된

것이지요. 어쩔 수 없는 탓에 "저에게도 아들 한
명이 있답니다." 하고 맞춰서 대답해주었습니다.

다음날 남편이 "어제 도요 씨랑 꼭 닮은 사람을
만났어. 정말 닮았더라고. 그 사람에게도 아들이
한 명 있다더라."고 말하기에, 저도 할 수 없이
"오호, 그랬군요." 하고 장단을 맞춰주었습니다.

아들 부부가 이곳저곳을 수소문해 괜찮은 노인
시설을 찾아주었습니다. 아들과 며느리는 정말이
지 믿음직스러운 존재라, 제 곁에 있어주어 다행

아들 겐이치와. 30대 후반 나는 육아에 열심이었습니다.

이라고 항상 고마움을 느낍니다.

남편은 "나는 아픈 곳이 한 군데도 없으니까 아무데도 가지 않을 거야."라고 말하며 시설에 가는 것을 거부했습니다. 그렇지만 어떻게든 들어가게 해야겠다는 생각에 수속 절차를 마쳤고, 그로부터 일주일이 지났습니다.

"도요 씨, 가 보긴 했지만 돈을 받을 수가 없었어."라고 남편은 말했습니다. 분명 요리사로 일했던 시절처럼 자신은 어딘가의 가게에 일하러 갔

남편 에이키치의 50대 시절. 일본무용을 연습하는 나를 위해 거울이나 스테레오를 사주었습니다.

다고 생각하고 있던 것이었어요.

"그건 당연하죠. 그런 곳은 한 달 정도 다니지 않으면 월급을 주지 않으니까." 하고 대답했습니다. 어느 정도 시간이 흘렀습니다.

"한 달 정도 일했지만, 아직 월급을 받지 못했어."라는 남편의 말에 "그건 당연하죠. 월급은 매달 말일에 받는 거니까."라고 대답했습니다. 이러한 대화가 계속 반복되었지요.

남편이 세상을 떠나기 전날이었습니다.

40대 중반쯤의 나. 바느질에 열심이었던 시절로 저 자신도 자주 기모노를 입었습니다.

저는 직접 만든 경단을 들고 아들 겐이치, 며느리 시즈코와 함께 남편을 찾아갔습니다. "맛있네. 정말 맛있다. 더 먹고 싶은걸." 이라고 말하며 남편은 맛있게 먹었습니다.

"다음에 또 경단을 가져와 줘." 하고 남편이 말하기에 "또 가져올게요. 그때까지 건강하게 잘 있어요." 라고 말하며 셋이서 남편을 격려했습니다.

남편은 "오늘은 셋이 함께 와줘서 정말 고마워. 어서 들어가 봐." 라면서 현관까지 우리를 배웅해

70대 시절의 나와 남편. 둘이서 자주 온천 여행을 갔습니다.

주었습니다. 그것이 마지막이었습니다. 이별이었습니다.

임종의 순간을 지키지 못했습니다. 제때에 시간을 맞추지 못했어. 그래도 마지막으로 남편이 정말 좋아하는 경단을 먹을 수 있어서 다행이었다고, 지금은 생각합니다.

한 번 더 만날 수 있다면, "나는 행복한 사람이었어."라고 전해주고 싶어. 그렇기에 다음 세상에서 그 사람과 만나게 될 날이 기대됩니다.

무언가를 붙잡고 싶어

무용 선생님의 기모노를 25년 동안 바느질해온 인연으로 70세가 넘은 나이에 무용을 배우게 되었습니다. 함께 배우는 친구들이 5명 있었는데, 저는 언제나 선생님의 몫까지 도시락을 만들어 갔습니다. 선생님은 콩을 좋아하셔서, 종종 쪄서 가져갔습니다. 저를 돌보아 주시고, 언제나 "시바타 씨, 시바타 씨." 하고 불러주셔서……. 선생님께는 '춤의 정수'를 배웠다고 생각합니다. 꽤나 엄격한 분이셨지만, "시바타 씨에게는 기대를 하고 있으니까 엄격하게 대하는 거예요."라고 말씀하셔서 저도 있는 힘껏 힘을 냈습니다. 70대는 아직도 충분히 젊다고 생각하고 있었으니까요.

연습에서 돌아오면, 저는 함께 배우는 모두에게 "오늘 배운 거 기억해?" 하고 물었습니다. 그

무용 발표회에서 사용했던 부채. 우산도 쓰고 아름다운 기모노도 입고 맨 앞에서 춤을 추었습니다.

러면 "기억 못해." "도요 씨에게 배울 거야."라는 대답이 돌아옵니다. 모두 함께 복습을 했는데, 그게 또 정말 즐거웠어요. 저 혼자 무대에서 춤을 춘 적도 있답니다. 우산을 들고 가발을 쓰고.

"저 분, 솜씨가 좋으시네."라는 소리가 객석에서 들려왔을 때는 정말 기뻤어요.

무언가를 시작하면, 저는 어떻게 해서든 그것을 붙잡고 싶습니다. 제대로 기억해서 다른 사람에게 알려줄 수 있을 정도가 되고 싶어요. 바느질

아들과 시를 쓰고 있을 때. 이때만은 서로 격렬하게 의견을 나누며, 항상 진지한 저와 아들입니다.

을 할 때도 춤을 배울 때도 마찬가지. 내가 앞장
서서 해야겠다는 생각으로 온 힘을 다합니다.

무언가를 붙잡으면, 죽을힘을 다해 해내는 사
람. 이게 바로 나라고 생각합니다.

다음 세상

시설에서 마지막을 보내셨던 어머니와 남편에

최근에 집의 차양을 말끔하게 청소했습니다. 기분이 밝아졌습니다.

대한 생각. 밤이 되면 옛날 일이 자꾸만 떠오릅니다. 또 아들을 생각하면 눈물이 흘러나와 아무것도 못하게 되는 날도 있습니다.

돌아가신 어머니는 하루걸러 제 방에 찾아와 침대 곁을 지키십니다. 저 세상에서 오신 분이니까 아무 말도 하지 못하십니다. 그렇지만 동틀 때까지 지그시 저를 지켜보시고, 이불 안에 들어와 얕은 잠에 드시는 때도 있어요.

어머니는 아무 말도 못하지만, 저는 어머니가 오시면 "지금부터 조금만 나를 좀 지켜봐 줘." "우리 아들도 지켜봐 주고."라고 부탁합니다. 그리고 그런 식으로 어머니에게 부탁을 드린 후, 다시 잠에 듭니다. 그때 어머니의 향기로운 분가루 냄새가 언뜻 제 주위에 퍼집니다. 이런 나이가 되어도 여전히 엄마는 그리운 존재입니다.

제가 다음 세상에 간다면, 분명 꽃이 가득 핀 다리 입구에서 아버지, 어머니, 남편이 기다리고 있을 거예요. 무엇을 선물로 들고 가서 이야기를 나

눌까요? 모두와 재회하는 날을 상상하며, 언제나 이 장면을 생각하곤 합니다.

시와 나

많은 분이 제 시를 읽어주셔서, 또 그 많은 분이 엽서나 편지를 보내주셔서 정말로 기쁩니다. 오히려 저야말로 여러분에게 격려를 받고 있습니다.

자비출판한 『약해지지 마』. 맨 처음에는 이렇게 보잘것없는 책자였습니다. 백수(白壽) 기념으로 만들었습니다.

아들은 젊은 시절, 종종 시를 쓰거나 단가를 짓곤 했습니다. 옆에서 바라보며 '나도 저런 식으로 글을 쓸 수 있으면 참 좋을 텐데'라고 생각했습니다.

가수 미소라 히바리를 참 좋아했습니다. 후나무라 도오루 선생님이 작곡하고 다카노 기미오 씨가 작사한 〈이별의 한 그루 삼나무〉의 가사를 비롯해 〈애수 출선〉 〈애수 부두〉 〈슬픈 술〉 등 미소라 히바리의 다양한 곡의 가사가 가진 아름다움에 감탄하며 가사를 노트에 옮겨 적곤 했습니

한국, 네덜란드, 대만에서도 제 시집이 나왔다고 합니다. 감사한 마음에 눈물이 납니다.

다. 가사를 음미하며 듣는 사이, 행복해지기도 서글퍼지기도 했습니다. 그리고 '내일부터 다시 힘내자'고 생각할 수 있었습니다.

저는 시를 쓸 때 항상 마지막에 전체를 다듬는 작업을 합니다. 어려운 말은 절대 쓰지 않고, 쉬운 말로 쓰고 있습니다. 필요 없는 문구는 전부 지우고 필요한 말, '내용을 담은 말'만 갖고 만들어 갑니다. 이게 꽤 어렵습니다. 그렇지만 즐겁기도 합니다.

'고맙다'고 진심으로 전하고 싶어

시집을 출간하며, 지금껏 만나지 못했던 사람들과 만나게 되어 기뻤습니다. 게다가 설마 두 번째 시집을 출간하게 될 줄은 꿈에도 몰랐습니다. 1년 남짓한 시간 동안 썼지만, 아무래도 페이지가 많지 않아 미안한 마음입니다.

하지만 터질 듯한 기분을 시에 담아, 인생의 마지막을 크게 꽃피울 수 있었습니다.

인생의 마지막에, 이렇게 꽃을 피울 수 있게 된 것이 참 기쁩니다.

저는 지금 이 순간이 가장 행복하다고 생각합니다. 다른 사람에게 상냥하게 대한다. 그리고 누군가 나에게 상냥하게 대해주면 잊지 않는다. 이것이 100년간의 인생에서 배운 점입니다.

눈을 감으면 만났던 분들, 그리고 수많은 추억

독자분에게 받은 편지를 읽거나 제가 등장한 잡지를 읽으며 조금 바빠진 요즘입니다.

이 잇달아 말을 걸어옵니다. 모두가 저에게 상냥하게 대해주었습니다.

　무슨 말을 해야 좋을지 잘 모르겠지만, 이 집, 가족, 선생님, 친구들에게 '고맙다'고 진심으로 전하고 싶습니다.

구성 : 오시다 마사하루

아이다 미쓰오 미술관 관장 아이다 가즈히토 씨(오른쪽), 산케이 신문 문화부의 오시다 마사하루 씨(왼쪽)와 함께. 두 분 모두 저의 소중한 은인입니다.

おとろえてもいられても

だれよりもあなたが好きです

これからも三人で仲よく暮らして

手をつないで仲よく暮らして

行きたいと思います

花をさかせてくれたのは

お父さんです　有りがとう

のこりすくない人生を

一日しかみしめて生きて

ゆきたいそれが今の私です

아들에게

너와 시를 써서
정말 다행이었다고 생각해
네가 아무리 화를 내고 잔소리를 해도
누구보다도 너를 좋아한단다
앞으로도 셋이서
손을 잡고 사이좋게 살아가고 싶구나
인생의 꽃을 피우게 해준 사람은 바로 너야
고마워
얼마 남지 않은 인생을
하루하루 음미하며 살아가고 싶어
그게 지금의 나란다

*아들 겐이치 앞으로 2010년 말에 쓴 편지입니다.

2부

약해지지 마

두 번째 이야기

상냥함

나이가 들면
상냥함을
원하게 돼
그걸 영양분 삼아
기운을 차리지

하지만 말이야
가짜 상냥함을
먹었을 때는
토하고 말아

진실한 상냥함
손수 만든 요리를
먹게 해주세요

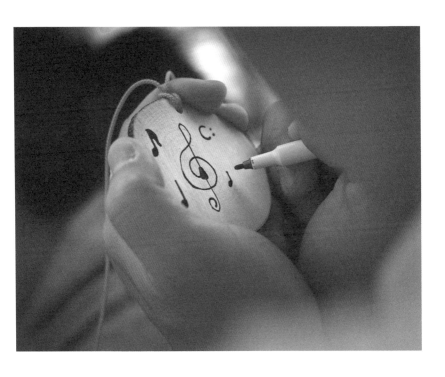

유행

세상 어딘가에서
지금도
전쟁이 일어나고 있어

일본 어딘가에서
집단 따돌림도 일어나고 있지

상냥함이라는
인플루엔자는
유행하지 않는 걸까

배려라는 증상이
널리 퍼지면 좋을 텐데

친구

더부살이하던 곳에서
괴롭힘을 당해
수돗가에서 울다가
부엌문 앞에 서니
어딘가에서
귀뚜라미가 울고 있었어

힘내 힘내
귀뚜라미가 울고 있었어

그 이후로 80년
귀뚜라미는
여전히 내 친구

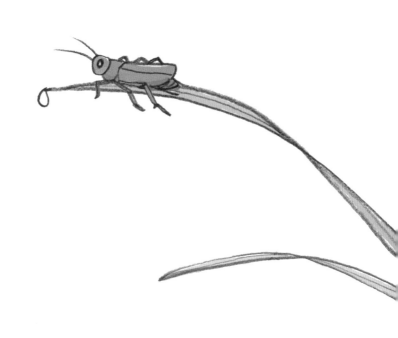

발 동동

그 옛날
장난감 가게 앞
길바닥에 드러누워
장난감칼을 사달라
발을 동동 굴러서
나를 곤란하게 했던
아들

이제는
백발이 되어
이모저모 나를
타이르고 있네

젊어지는
약을 사다 줘
이번에는 내가
발을 동동
굴러볼까
다다미에 드러누워서

하늘에게

병원
침대에서
바라보는 하늘은
언제나 다정하다

구름은 춤을 추며
웃겨주고
저녁놀은
마음을 씻어준다

하지만
내일은 퇴원
한 달 동안
고마웠어

집에 돌아가면
손을 흔들게
눈치채야 해, 꼭

추억
—
이별

월급을 받은 봄날 저녁
다리 옆에서
후 짱이
"도요 짱, 나
내일 고향으로 돌아가."
작은 목소리로 알렸다

'어머니께서 몸이
많이 편찮으시구나'
생각했지

버드나무에 솜처럼
꽃이 펴
눈물이 흘러넘쳐
멈추지 않았어

페
이
지

내 인생의 페이지를
넘겨보면
전부 색이
바래 있지만
각각의 페이지
열심히 살아왔어

찢고 싶은
페이지도 있었어
하지만 지금 돌아보면
모두 그리워
앞으로 한 페이지 더하면 백 페이지
선명한 색이
기다리고 있을까 몰라

아들에게 Ⅲ

때때로 화가 나서
나에게 고함을 치기도 하지만
눈물을 흘리고 있는
너를 보면
젊은 시절 열심히
너를 혼냈던
내가 떠올라
웃음이 나

겐이치, 마음 편하게
살자
혈압이 오르면
어쩌니

나팔꽃

우리 집 울타리에 나팔꽃이
한 송이, 남몰래
피었습니다
다음 날, 두 송이
피었습니다
세 송이가 피면 돈 벌러 간
남편 소식도 오겠지요

그런 옛날이 떠오르는
나팔꽃, 내가
좋아하는 꽃

경
마

앞서 달리는 모든 말보다
뒤에 있다가
이때다 싶을 때
바람을 가르며 필사적으로
맹렬히 달리는
말이 좋다
"힘내
힘내야 돼."
나는 TV에 대고 외친다

처음에는 꼴찌라도
노력하면 일등이 될 수 있어
너도
분명히 할 수 있어

나를 찾아서

어두운 산속에
홀로 나는 있었어
"시바타 도요입니다.
여기에 있어요."
소리쳐봐도
아무도 와주지 않아

그때
"어머니!"
부르는 소리가 들려
눈을 떴어

아들 얼굴이
눈앞에 있었어
언제나처럼
잔소리를 하기 시작했지만

기쁜 마음에
눈물이 흘러넘쳤어

추억
Ⅲ

골목을 돌아
다섯 채 연립 주택
한가운데 집에
부모님과 남편
외아들 겐이치 그리고 나
다섯이서 살고 있었어

욕실도 TV도 없이
선반 위 라디오에서
〈당신의 이름은〉*을 듣는 게
즐거움이었지
앉은뱅이 밥상에 둘러앉은 저녁
웃음이 끊이지 않는 집 안

그로부터 60년
지금은 혼자 지내는 생활
하지만 나에게는
추억이 있어

* 〈당신의 이름은〉 : 1952년에 방송된 NHK 라디오 연속극. 큰
호평을 받아 수차례 영화화·드라마화됨.

아들에게 IV

직업을 전전하며
좋은 일 하나 없고
복권을 사도
당첨된 적이 없어
그렇게 한탄하지만
착실하고 야무진
배우자를 운 좋게 만났으니
당첨된 거 아니니

인생에
맞고 틀리고가
어딨겠어
마음먹기에 따라
푸른 하늘이 보이기 시작할 거야
바람 소리도 들려올 거야

자, 미소를 보여주렴

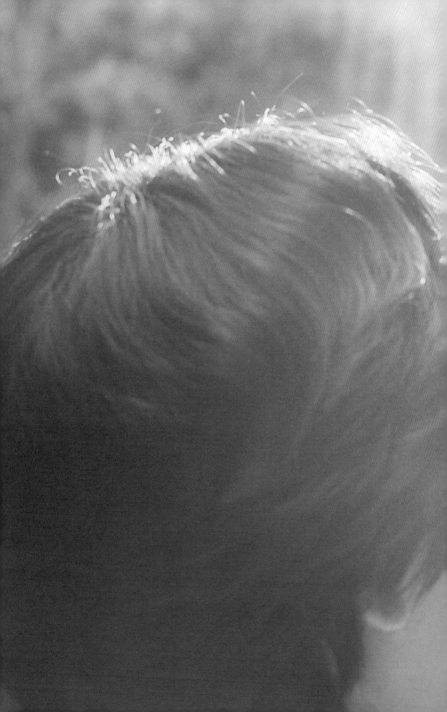

귀
가

어
두
워
져

귀를 기울이면
냉장고 윙윙거리는 소리
바람이 문 두드리는 소리
들려오긴 하지만
요즘 들어 사람의 말소리가
잘 들리지 않게
됐다

제대로 듣기 위해
노력하고 있는 나

하지만 싫어하는 이야기는
일부러 들리지 않는
척한다

새침한 얼굴을 하고

돈
지
갑

매년
정월이 되면
생각이 나곤 해

당시 초등학생이었던 아들이
낫토를 팔아
사준
커다란 돈지갑
"엄마한테 주는 세뱃돈이야."
라며 나에게 선물해주었어

움츠린 작은 손
내뱉는 하얀 숨
사방으로 퍼지던 환한 웃음

나는 잊을 수 없네
돈지갑은
지금도 나의 보물

돈은 모이지 않았지만
다정함은
지금도 가득 들어 있다

100세

나, 내년이면
100세가 돼
더부살이, 전쟁, 결혼, 출산, 가난한 생활
괴롭힘을 당하고, 고민하고
고통스러운 일, 슬픈 일도
많았지만
하늘은 꿈을 소중하게
꽃은 마음을 부드럽게
바람의 속삭임은 몇 번이나
나를 격려해줬어
눈 깜짝할 사이에 99년
부모도 남편도 친구도
모두 세상을 떠났지
하지만 다음 세상에서 만날 수 있을 거야
나 웃는 얼굴로 만나고 싶어
그리고 여러 가지
이야기를 해주고 싶어
100세의 결승선을
가슴 활짝 펴고 지날 거야

짊어지다

교과서를
보자기에 싸서
학교에 다녔던 아들
나와 어머니가 부업을 해서
책가방을
사줬지

"엄마 고마워요."
온 집 안을
책가방을 메고
뛰어다니던 겐이치

그로부터 58년
넌 지금
무엇을 짊어지고
있을까

나에게 Ⅱ

도우미가
대신 장을 봐준다
청소, 빨래
요리도 대신 해준다

간호사는
목욕을 시켜준다
다른 사람의 손을 빌리지 않으면
살아갈 수 없는 하루하루

하지만 나는
혼자서 말을 지을 수 있다
누군가의 마음을
실로 묶을 수 있다

자, 얼굴을 들어
하늘을 보자

길
—
당
신
에
게

좋아하는 길이라면
울퉁불퉁한 길이라도
걸어갈 수 있어
힘들어지면
잠시 쉬며 하늘을 보고
쭉
걸어가는 거야

따라오고 있어
당신의 그림자가
힘내
하고 말하면서

배우다

어머니에게 바느질을
배웠습니다
배우자에게는 인내를
배웠습니다
아들에게는 시 쓰는 것을
배웠습니다
모두 나에게
도움이 되었습니다

그리고 지금
인생의 마지막에
사람의 상냥함을
지진을 통해 배웠습니다

살아 있어 좋았습니다

해질녘

도우미가
준비해준
저녁식사를 마치고
문을 닫았을 때
옆집에서
가족들의 웃음소리가
들려왔다

아들 부부는
무얼 하고 있을까

하늘 저편에 저녁샛별이
눈물처럼 빛난다

보이스피싱 사기범에게

지금 당신이
하고 있는 일을 안다면
당신 가족은
어떻게 생각할까

어릴 적
당신에게는
틀림없이 상냥한 마음이 있었을 거야
바람의 속삭임도 들렸겠지

약한 사람들을
괴롭히지 마
그 머리를
좋은 일에 써주세요

*사이타마현 경찰서 〈보이스피싱 사기 방지 포스터〉에 부친 시

나라면
—보이스피싱 사기를 당하지 않기 위한 시

TV, 신문보도
세상의 소문에 귀 기울이며
'남의 일이 아니야'
라고 자각해야 해

그 대책도 생각해둘 필요가 있어

나라면
"겐이치, 바로 넣어주고 싶지만
엄마가 몸이 안 좋아서
내일 입원해.
아는 순경에게
당장 부탁해볼 테니까 기다리고 있어."
그렇게 대답하고 전화를 끊을 거야
우선은 침착해야 해
그리고 누군가에게 상담해보는 거지
정신을 똑바로 차리는 게 중요해

*사이타마현 경찰서 〈보이스피싱 사기 방지 포스터〉에 부친 시

가족을 위해
모아두었던 돈인데
못된 꾀에 속아 넘어간
그 억울함
괴로운 마음이
얼마나 클까요?

상냥한 사람일수록
피해를 입습니다
자신을 책망하고 있지는 않나요?
마음을 굳게 먹고
조금씩 잊어버려요
힘을 내세요

당신에게는
당신을 걱정해주는
가족이
있잖아요?

자, 반드시
좋은 바람이 불어올 거예요

＊사이타마현 경찰서 〈보이스피싱 사기 방지 포스터〉에 부친 시

재해민 여러분에게

아아, 이 무슨
일인가요
TV를 보면서
그저, 두 손을 모을 뿐입니다

여러분의 마음속은
지금도 여진이 와서
상처가 더
깊어졌을 것입니다
그 상처에
약을 발라주고 싶습니다
모든 사람의 마음입니다

나도 할 수 있는 일이
있을까 생각합니다
이제 곧 100세가 되는 나
천국에 가는 날도
가까울 테지요
그때는, 햇살이 되어
산들바람이 되어
여러분을 응원하겠습니다

괴로운 날들이
계속되겠지만
아침은 반드시 찾아옵니다
약해지지 마

재해지역의 당신에게

사랑하는 사람을 잃고
소중한 것을 흘려보낸
당신의 슬픔은
이루 헤아릴 수 없습니다

하지만 살아 있으면
반드시 좋은 일이 있습니다

부탁입니다
당신의 마음만은
흘려보내지 마

불행이라는 파도에
지지 마

3부

| 마음의 노래 |

"시를 쓰기 전부터
일상 속에서 읊었던 마음의 노래
스무 편을 소개합니다."

마음의 노래

1

야학 끝나고 돌아오는 내 자식 명랑하구나
콧노래를 부르지 않는 나도 허밍

2

12시라고 알려주는 시계를 바라보면서
아직 돌아오지 않은 자식을 생각하네

3

드문드문 구름이 흘러가는 여름의 하늘
떠나가는 친구 있고 찾아오는 친구 있네

4

90세가 되어도 그리운 아버지와 어머니
꿈속에서 내 손을 잡아끌어 주시네

5

90세가 되어도 마음만은 젊은 시절과
같아서 흰 구름을 보면 타고 싶어라

6

부모님께서 잘 지켜주셔서
눈병이 무사히 나았구나
새하얀 구름 올려다보네

7

의사 선생님 오는 날엔 달력 위 빨간 표시
마음은 편안하고 대화는 즐겁구나

8

선생님에게 진료를 받고 난 후부터는
푸르른 하늘처럼 마음이 편안하네

9

여러 가지로 많은 일이 있었던 90년 세월
제대로 꿋꿋하게 저 살아왔습니다

IO

90세인 내게도 잊을 수가 없는 사람 있으니
때로는 꿈속에서 만나보고 싶어라

II

밝아온 새해 아침햇살 맞으며 깜박 조는데
즐거웠던 일들만 떠오르는구나

I2

내 남은 생이 얼마나 되는지 알 수 없지만
해는 다시 바뀌고 시클라멘 꽃은 붉구나

••• 마음의 노래

13
친구에게 온 전화가 반가워서 서로서로의
건강 신경 쓰다가 그만 끊고 말았네

14
친구로부터 전화가 오지 않는 날 이어지고
날 저물 때 가까워 커튼을 내린다네

15
외롭진 않다고 중얼대며 올려다본 하늘
오늘도 모여드는 무수한 구름이여

16

쓸쓸하다고 생각하면 그대로 쓸쓸해진다
그래서 밝은 척을 하고 있는 내 모습

17

98년을 지금까지 꿈처럼 지나오면서
새해를 조용하게 맞이하는 나

18

가능하다면 꿈에서 만나고픈 그 사람에게
간직했던 이 마음 알려주고 싶구나

••• 마음의 노래

19
지금에 와서 어머니 생각하면 그 당시에는
틀림없이 외롭고 괴로웠던 거겠지

20
자는 것처럼 죽어가고 싶구나 비오는 밤은
침대에서 자꾸만 생각하는 한 사람

경애하는 시인 신카와 가즈에 선생님과. 2010년 여름에 처음으로 뵈었습니다.

우쓰노미야 시장 사토 에이이치(중앙) 씨와 아들 겐이치와 함께.
100세 축하 파티에 와주셨습니다.

감사장을 받았을 때 이바라키현 고가(古河) 경찰서 여러분과 기념 촬영.

여자에게 화장은 몇 살이 돼도 중요합니다. 그래서 저는 매일 반드시 연지를 바릅니다.

그날의 기분에 맞춰
모자를 살짝 움직이거나
손가락으로 집곤 합니다.

웃고 있을 때가 가장 행복합니다.
웃음은 제 활력입니다.

집 안에서는 손수레를 사용하여
이동합니다. 가능한 한 운동을 해서
건강을 유지하고 싶습니다.

축하합니다!

올봄, 도요 씨의 첫 번째 시집 『약해지지 마』의 100만 부 돌파를 기념하는 축하 모임이 열렸습니다. 기획 단계에서 판매부수는 더욱 늘어나 당일 주최측으로부터 150만 부라는 발표가 있자 회장이 들끓었습니다.

석상에서 저는 이런 연설을 했습니다.

"예로부터 마흔 살 이후의 얼굴은 스스로 책임을 지라고 했습니다. 도요 씨는 신문광고 등에서 자주 크게 다뤄지고 있는 지금의 얼굴을 90년에 걸쳐 만드셨습니다. 무가(武家, 대대로 무관의 벼슬을 해온 집안)에서 자란 듯한 품격과 부드러운 바람에 날리며 핀 꽃 같은 저 미소. 사람들에게 살아갈 힘을 주는 시도 사랑받고 존경받을 요소를 충분히 갖추고 있지만, 저는 도요 씨의 저 얼굴이야말로 도요 씨 최대의 걸작이라고 감탄하면서 뵙고 있습니다."

본편에 실린 시는 아마추어 시인이 썼다고는 믿기지 않을 만큼 탁월해서 종종 산케이 신문 〈아침의 시〉 심사위원인 제 눈을 휘둥그레지게 만들었습니다.

예를 들어 「추억―이별」이라는 시가 그랬습니다. 더부살이를 하는 동년배 후 짱이 월급을 받은 어느 봄날 해질녘, 다리 옆에서 고향에 돌아가야

한다는 사실을 작은 목소리로 털어놓습니다. 도요 씨는 입 밖에는 내지 않고 '어머니가 편찮으시구나.'라고 마음속으로 중얼거립니다. 어머니의 병간호를 해야 하는 친구에 대한 동정, 그리고 내일 찾아올 이별의 괴로움과 외로움을 생각하면 당장에라도 왈칵 눈물이 쏟아질 것 같지만 도요 씨는 작중의 자신을 그렇게 만들지 않습니다. 한 박자 쉬고, 갑자기 바람에 흩날리는 버들가지로 독자들이 눈을 돌리게 합니다. 눈물이 차올라서 참을 수 없는 모습을 버드나무에 핀 꽃으로 표현하고 있는 것입니다.

도요 시인의 시의 매력은 사람의 마음을 마치 어린 가지처럼 바람이나 빛에도 휘어지게 하고 산들거리게 만든다는 점입니다. 특히 눈물의 맛

을 아는 사람의 인생관에서 나온 위트가 마무리
부분에 자연스럽게 구사되어 우리의 마음을 부드
럽게 풀어줍니다.

도요 씨, 부디 앞으로도 건강하십시오.

절대 무리하지 마시고 쉬엄쉬엄 쓰셨으면 좋겠
습니다.

2011년 여름

시인 신카와 가즈에

| 발표 매체 |

상냥함 …「시와 판타지(詩とファンタジー)」 2010년 춘몽(春夢)호

유행 …「시와 판타지」 2010년 춘몽호

친구 …「시와 판타지」 2010년 춘몽호

발 동동 …「시와 판타지」 2010년 춘몽호

하늘에게 …「시와 판타지」 2010년 춘몽호

추억 ─ 이별 … 산케이 신문「아침의 노래」 2010년 4월 14일 자

페이지 … 산케이 신문「아침의 노래」 2010년 5월 12일 자

아들에게 Ⅲ … 산케이 신문「아침의 노래」 2010년 6월 6일 자

나팔꽃 … 산케이 신문「아침의 노래」 2010년 7월 10일 자

경마 … 산케이 신문「아침의 노래」 2010년 9월 14일 자

나를 찾아서 … 산케이 신문「아침의 노래」 2010년 9월 20일 자

추억 Ⅲ …「에세(ESSE)」 2010년 11월호

아들에게 Ⅳ …「에세(ESSE)」 2010년 11월호

귀가 어두워져 … 산케이 신문「아침의 노래」 2010년 11월 9일 자

돈지갑 …「이키이키(いきいき)」 2011년 1월호

100세 … 「이키이키 히노하라 시게아키 선생 100세에 보내는 해피뉴이어 콘서트」(2010년 12월 28일)에서 소개

젊어지다 … 산케이 신문 「아침의 노래」 2011년 3월 22일 자

나에게 II … 「사라이(サライ)」 2011년 5월호

길−당신에게 … 산케이 신문 「아침의 노래」 2011년 4월 23일 자

배우다 … 새로 씀. 2011년 5월

해질녘 … 새로 씀. 2011년 5월

보이스피싱 사기범에게 … 사이타마현 경찰서 〈보이스피싱 사기 방지 포스터〉에 부친 시. 2010년 10월

나라면−보이스피싱 사기를 당하지 않기 위한 시 … 사이타마현 경찰서 〈보이스피싱 사기 방지 포스터〉에 부친 시. 2010년 10월

당신에게−보이스피싱 사기사건 피해자분에게 … 사이타마현 경찰서 〈보이스피싱 사기 방지 포스터〉에 부친 시. 2010년 10월

재해민 여러분에게 … 산케이 신문 2011년 3월 17일 자

재해지역의 당신에게 … 산케이 신문 2011년 3월 30일 자

약해지지 마 – 두 번째 이야기

초판 1쇄 인쇄 2015년 5월 1일
초판 2쇄 발행 2015년 12월 10일

지은이 | 시바타 도요
옮긴이 | 채숙향
펴낸이 | 윤희육

편집 | 정혜지
디자인 | 김윤남
본문사진 | 문서빈(http://www.cyworld.com/mmj2005)

펴낸곳 | 도서출판 지식여행
출판등록 | 제2-3151호
주소 | 서울시 마포구 양화로 6길 9-24 동우빌딩 3층
전화 | 02-333-1122
팩스 | 02-333-6225
전자우편 | jkp225@korea.com
홈페이지 | www.jkp225.com

ISBN 978-89-6109-259-3 03800